내가 버린 애인은 울고 있을까

박인하

시인의 말

남의 집 옥상에 서 있었다

어디로 가야 하는지 알 수 없어

마당으로도 담장 밖으로도

뛰어내릴 수 없는 꿈

밤은 넓고 깊었다

나는 어쩌다 이곳에 있을까

바람이 차다

두꺼운 당신을 입어야겠다

2024년 1월

박인하

내가 버린 애인은 울고 있을까

차례

2부 서로의 슬픔으로 다정합니다

3부 땀이 배도록 깍지를 끼고 더 멀리

4부 우린 왜 서로 다른 곳에 있나요

해설

1부

놀라지 마 이건 어차피 놀이니까

테를지의 밤

아직 살아 있구나 늦지 않았어 너덜거리는 자루 가득 장작을 메고 오가는 밤의 노역은 불을 지키는 시간 바람에 넘어진 것들 차곡차곡 주워다가 추운 밤 부려 놓으면 뜨겁게 솟아오르는 불의 제전 나는 불을 지키는 자, 치장 없이 허름한 옷가지로 성별을 감추었기에 누구도 쉽게 나를 호명하지 못한다 나는 이름 없이 늙어 가는 가난한 노파 불을 살피느라 언 몸을 녹일 수 없다 꺼져 가는 불씨를 살려내고 문밖으로 나서면 얼굴을 찢는 바람뿐 어떤 날은 별도 뜨지 않아 캄캄한 숲을 비틀거리며 걷는다 뜨겁고 차가운 것이 이생의 일인지도 잘도 자는구나 장작이 타는 소리 꿈속에서도 들리는지 재가 되어 가는 소리다 담요를 걷어차고 잠든 걸 보니 오늘도 나의 불길은 뜨거웠구나

눈물

그것은 난해한 기호들로 이루어진 세계였다

낯선 음표들을 꺼내 건반에 옮기면
퍼붓는 눈발처럼 내리는 멜로디

분명한 음을 가진 소리 곁에서 주눅이 들었다
창밖에서 날 기다리는 녀석이 지쳐 돌아설 때까지
같은 곳만 틀리는 연주가 계속되고
가로등 밑에 눈은 쌓이고 밤이 깊고
겨울이 겨울 속으로 파고들었다
그 많은 소리가 어디에서 오는지

현을 두드려 주는 해머 나를 두드려 주는
묵직한 것이 내 안에도 있을 것이다
희고 빛나는 세계 위에 놓인
검은 반음들은 걸음을 꺾어 놓는 방해자거나
시냇물을 건너는 징검돌이거나

짧은 손가락으로 주무르기엔 버거운
생의 건반 위를 건너면 툭툭 떨어지는 것들
여든여덟 개의 음을 가진 울음

쉼표 없는 싸늘한 부음들이 저녁이면 들려온다
닿지 않는 먼 곳을 두드리다가 이탈한 손가락

나는 당신을 위해 만들어졌습니다

흐느끼는 고음들
깊어져서 스스로도 형체를 모르는 어둠의 귀를 열고
이제 저녁눈 같은 조사를 써야겠다
그러면 어둠이 어둠 속으로 물러날지도

안녕, 요요

다 가 버렸는데 늘 너만 돌아와

꼭 쥔 손을 떠나갈 때의 탄력은 다시 돌아오겠다는 약속

그래서 거침없이 툭 내던지는 즐거운 놀이 놓쳐 버린 게 아니어서 다행이라 생각했어 어떤 봄날은 내내 온몸이 홑이불 속에서 이리저리 바스락거렸거든 형체도 없이 몸을 누르는 손목들 그리고 다시 피어난 꽃들

어떤 날들은 돌아오지 말았어야 해

다른 얼굴로 오면 다른 것인 줄 알고 피식 웃음이 나네 이제 더 노련한 변장술이 필요하지 않겠니 그럼 모르는 척 조금 속아 주다 네 옆구리를 콕 찔러 줄게 놀라지마 이건 어차피 놀이니까 즐거워야 해 눈물 같은 것 없이도 짜릿할 수 있지 후후 마음이란 게 자주 변덕을 부리니까 하는 얘긴데 반칙 같은 걸 써서 먼저 도망가지는마 네 몸에 감긴 줄이 다 닳아 끊어질 때까지 멈추지 않

는 놀이 지루하지 않게 자꾸만 다른 이야기를 들고 돌아오는 너라는 시간

아름다운 루나

깊은 밤이었는데
달을 보러 가자고 했어
졸린 눈을 비비며 따라나섰지
엄마는 대야에 물을 가득 받아 놓고

물속에 반짝이는 거울을 집어넣는 거야

그날도 아버지는 늦도록 돌아오지 않았어
적막한 마당에서 한참을 기다렸던 것 같아
바람도 조금 서늘했던 것 같고

달의 가장자리가
검은빛으로 물들어 가기 시작하자
엄마는 천천히 엎드려 앉아 대야 속을 들여다봤어

땅에 엎드린 여자의 뒷모습
저 물속의 거울엔 무엇이 있을까

거울에 비친 달
붉고 푸른빛으로 떨리고 있었어
붉은 꽃 한 송이

달은 밤하늘에 떠 있고 지상엔 꽃이 피어나고
집 나간 남자들이 멀리서 돌아오는 듯
바람 소리 점점 깊어지는 밤이었어

마스크 팩

오늘 밤은 죽은 자의 얼굴로 시작해
몸에 천을 감듯 얼굴에 남은
한낮의 시간들을 덮는 거야 찡그려도 괜찮아
안 보이는 곳에서는

먼 나라 고대의 왕처럼 심심하게 누워 끝나지 않을 밤
건드려도 움직이지 않는 적막과
길게 이어지는 어둠은 상심하는 자들에게 필요하지
초콜릿색으로 물든 고독과
태양을 오래 바라본 눈은 밤을 위한 것

두꺼운 책처럼 잘 넘어가지 않는 당신은
가끔은 다정해서 홀려 버리고 말아
멀리 나갔다가 돌아오지 못한 마음들이
캄캄한 곳으로 발을 밀어 넣으면
나였다가 너였다가 엿같이 늘어나는 슬픔
잠시 얼굴을 가리고 나 아닌 듯 너 아닌 듯
매끄러운 피부가 되어 가는 축축한 밤

하얗게 마른 얇은 낱장을 걷어내면
죽었다가 살아나는 기이한 밤이야

나만 아는 나의 이름은

종일 흔들리면서 습지의 기억을 말리고 있습니다
가끔 둘둘 말아 올려지는 나의 신분은
활을 잃어버린 수백 개의 현입니다
당신을 가리는 높이와 넓이를 지녔습니다
나의 음역대는 바람이 드나드는 모든 길입니다

마음을 들키지 않는 수렴청정
성긴 틈새는 당신을 위한 밝은 귀가 됩니다
나를 통해 들어요
엿보는 건 바깥의 일입니다

모두가 아는 나의 이름은 갈대를 엮은 발
나만 아는 나의 이름은 당신 방을 향해 걸린
가늘고 여린 방패이며 당신을 비추는 순한 빛입니다
아무것도 새기지 않은 올올한 결로
지나가는 그림자를 붙들어 새로운 것을 펼칩니다

여름의 뜨거운 햇살을 걸러 당신 쪽으로 들이는 동안

푸른 나무들은 능선을 넘어 어딘가로 가 버렸고
흩어져도 아름다운 구름은 석양을 몰고 왔습니다
어두워지기 전에 쓸쓸한 방향에서 눈을 거두고
문을 닫아요, 누군가 당신을 봅니다

별이 좋았던 어느 날은 그 별을 따라
쭉 뻗은 당신 발끝에 나의 발이 힘들게 닿았는데
그 순간 우리는 깊은 어둠 속에서 출토된
빗살무늬 토기의 눈부신 몸을 보았습니다

굿모닝

어둠이 코를 고는 밤 유체이탈의 잠을 자는 당신 당신이 내동댕이친 넥타이가 잠든 식탁 식탁이라니 모락모락 김이 오르던 식탁이라니까요 보글보글 뚝배기의 찌개가 마지막까지 끓던 곳 아무래도 이건 어울리지 않는 배치예요 식탁이 교수대가 될 수 있나요 둥글게 매놓은 줄이 너무 리얼해 리얼리티가 당신을 구해 줄 수 있나요 여전히 아름다운가요 아찔한 게 짜릿하기는 하죠

흔들린다고 간혹

요람 속이라 착각하지는 말아요 무덤의 다른 이름일 수도 있으니까 납작 엎드린 식탁의 저 체크무늬가 이젠 지겨워졌어 미로가 떠올라요 출구를 찾을 수 있을까 아웃 원, 투, 쓰리 달려 보지도 못했어 이런 완벽한 수비가 있을 수 있나 누군가 막아 주겠죠 목이 막힐 것 같아 오래된 감각이 당신을 가둔 것 같아요 패션의 완성이라 여겼던 저것이 품격 있게 당신을 죌 줄은 몰랐다니까 살이 떨리는 불안을 견딜 수가 없어 기다리기만 하면 되는 건

가요 날마다 유예되는 형 어쩌죠 아침이 오기 전에 잘
라 버려요, 어서

오늘은 꽃무늬예요 맘에 들어요?
늦겠어요

들어 봐요

비는 저물어 가는 이곳과 잘 어울린다는 생각이 들어요 가로수에 핀 봄꽃들의 하얀 이가 부딪치는 소리도 들리는 저녁 일부러 찾아든 건 아니지만 아무튼요 당신이 무척 사랑했다던 마을 그린칭에 왔어요 눈에 보이는 건 비의 실루엣들 빗소리만 어둠과 함께 훌쩍여요 들리지 않아서 그 고요한 몸은 얼마나 뜨거웠을까 비는 대지의 음악 밤새 저렇게 스며요

비 내리고 밤 깊은 햇포도주의 마을 낡고 병든 나는 어디서 햇것을 품을 수 있을까요 들어 봐요, 빗소리들 밤새 후두둑 이리로 던지는 봄의 알람 소리들 햇이파리 고개를 쑥쑥 밀어 올리며 어둠을 털어내는 기척들 이 밤의 빗소리들 마르고 갈라진 영혼을 돌보며 촉촉해질까요 가지 끝에 매달린 초록의 음표들 반짝이며 아침이 오면 짐을 꾸려 이곳을 떠나요 불러도 늘 대답 없는 귀가 먼 당신

플레이

저들은 오래전에 죽은 자들
뼈만 남아 달그락거리는 유골들이야

해골무늬 티셔츠를 입고
찢어진 청바지 사이로 드러나는 웃음
낡은 영혼의 표식을 아무도 눈치채지 못하지
어떻게 한 번도 죽지 않고 살아
말랑말랑한 귀에 피어싱을 하고
약속 없이 거리를 활보하는 사람들
고독을 잊은 어깨 위로 살며시 앉았다 가는 새

옷깃을 스치며 서로의 곁을 지나치는
우리는 아직 발굴되지 못한 주검이야

침대

이 생을 허락한 그는 나의 포주 암막 커튼으로 가려진 방 얕은 잠 속으로 찾아드는 소리들 창을 흔드는 바람 소리에 놀라 어둠 속에서 깊은 숨을 내쉬어요 날짜를 구분할 수 없지만 어디론가 가고 있음을 테이블 위에 촛대는 줄줄 흘러내리는 촛농의 더께에 쌓여 눈부신 조각이 될까요 그의 어떤 말들에 속았는지 이 푹신한 침대와 보드라운 이불은 잠시 나의 한기를 덮어 주었지요 어서 이 밤이 지나가기를 안락한 침상은 나의 병을 키우고 키워서 더 깊이 가라앉게 만들어요 이곳은 지내기에 괜찮은 곳이라고 그는 어깨를 두드리며 안심시켰어요

그가 올까요 내가 잠든 사이 다녀갈까 봐 깊은 잠도 밀어내고 천장을 보고 누웠다가 문 쪽을 바라보며 그를 맞이하기 좋은 자세를 생각해요 그가 오면 이곳에서 나가게 해 달라고 사정을 할 거예요 그의 손을 잡고 달아날 거예요 그러면 나의 포주는 이를 갈며 나를 찾아 나서겠지요 지금은 그가 오는 중 천 개의 밤을 지나는 동안 이곳은

겨울 방학

그날도 밤새 눈이 내린 다음 날이었다
사촌 오빠들은 아침을 먹고 무언가를
한 움큼씩 호주머니에 집어넣는 중이었고
무슨 궁리를 하는지 소곤소곤 밀담을 나눴다
엿듣는 말 사이로 토끼가 달아나고 꿩이 날아올랐다
처음 듣는 말

싸이나

소리는 사라져 버렸는데
온몸에 돋는 오돌오돌한 소름

건더기를 골라내면 어른들은
고기를 먹어야 키가 큰다고 야단을 쳤다

겨울 아침 마룻바닥 위에서 언 발로 엿듣던
푸른 독이 몸속 어딘가에 들어 있다
발바닥이 시려 오면 다시 방학이 시작되었다

주말의 명화

총소리에 잠에서 깼다

황량한 사막이 펼쳐진 곳에서 싸움은

하릴없는 남자들의 놀이 같았다

모래먼지 날리며 말이 뛰어다니고

공중을 훑고 지나가는 바람 소리가

방 안을 사막으로 만들어 주었다

식구들은 아무도 일어나지 않았다

머리맡으로 지나치는 말발굽 소리와

귓속을 뚫는 총소리에도 곤한 잠을 잤다

우리 집은 밤의 사막

나약한 텐트 속에서 서걱이는 잠을 잤다

눈을 꼭 감고 뒤척이는 잠

보안관이 없는 곳의 밤은 길었다

오래된 극장

오늘의 영화는
추억의 명화입니다

두꺼운 커튼을 젖히고 어두운 계단을 더듬어
낡은 의자에 앉습니다
함께였던 당신은 어디에도 없고
휙휙 지나치는 자막은 내 곁을 스쳐 간 이름들
빗물처럼 주르륵 흘러내립니다
영사기의 빛 속에서 펼쳐지는
늙은 화면 속에는
우리의 젊은 날이 있습니다
넓은 광장이 나오고 트램이 지나가는
이국의 풍경들에 가슴이 뛰었습니다
한 번은 꼭 가 보고 싶던 곳
이제 당신의 이름이 그 먼 곳이 되었습니다
어둠 속에서 가만히 잡던 손
영화가 끝나면 생각나는 몇 장면
우리의 생도 유독 빛나는 장면들이 있습니다

지나간 것들은 흑백의 화면처럼
아득해서 꿈처럼 깊어집니다
우리의 청춘은 낡은 포스터처럼
바래었지만 당신, 아름다웠습니다

2부

서로의 슬픔으로 다정합니다

조용한 산책

오늘도 그와 걷습니다 가만히 귀를 세우면 발걸음에는 냄새가 있습니다 신발을 끄는 소리에는 기분도 묻어 있습니다 귀로 맡는 냄새는 쓸쓸합니다 그는 만질 수 없는 것들을 만집니다 손을 내밀면 바람도 그의 손에서는 몸을 가집니다 나의 털들은 그의 손끝에서 가지런해졌습니다 그는 말이 없습니다 내 귀에도 들리지 않는 혼잣말을 가끔 할 뿐, 나는 말을 배우고 싶었습니다 입을 열면 찬란하게 쏟아지는 나의 말은 어디에도 닿지 못하고 흩어지고 맙니다 나는 소리 내지 않기 위해 보고 듣는 일에 몰두합니다 소경이라는 말에는 무수한 빛이 담겨 있어 그는 멀리 있는 빛 속을 출렁입니다 오늘은 어제보다 꽃들의 얼굴이 커졌습니다 킁킁거리는 나의 오후는 잠시 그에게서 꽃들에게 이동합니다 나를 부르는 소리가 들립니다 나의 두 눈은 그를 위해 먼 곳을 바라봅니다 우리는 서로의 슬픔으로 언제나 다정합니다

비둘기와 장미와 여자

검은 옷을 차려입은 그가
손수건을 펼치면 푸드득, 흰 비둘기와
붉은 장미가 차례대로 피어난다

비둘기와 장미와 여자
은빛 드레스를 입은 여자는 조심조심
상자 속으로 들어간다
그는 입구를 막는다 여자를 막는다
여자의 매끈한 다리와 가느다란 팔
이쪽과 저쪽 생의 어디쯤을
자르기 시작한다 칼질을 한다

반복되는 쇼에도 우리는 이곳을 떠나지 않는다

누가 죽은 것일까
조용하다

닫힌 뚜껑을 열고

오늘도 여자는 살아서 탈출한다
오늘도 여자는 살아서 그와 키스를 한다

그는 여자의 손을 잡고 걸어 나와 모자를 벗는다
죽었다 살아나는 저 여자
비둘기와 장미와 여자

블랭킷

언니, 자꾸 코가 빠진다
코 빠트리고 산 게 셀 수도 없는데
어쩌자고 이 코바늘까지 헛손질을 하는지 몰라
색색의 실 술술 풀리는 게 예쁘다 뭐, 어쩌다 꼬여 버리기도 하지만
스웨터가 목도리가 되고 장갑이 되느라 꼬불꼬불 헤매기 좋은 길
저 달랑달랑 흔들리는 나뭇잎 언니, 난 요새 무릎이 시려

바람을 오래 덮어서 그런대

이 조각들을 나란히 이으면 완성되는 거지
알록달록 늙지 않는 영혼이라니 긴 밤을 떠돌다
잠시 까무룩 다 꿈이야
어떤 섬망은 가슴을 파고드는 애인 같아
무한 반복에도 질리지 않고 아름다울 수 있다니
코바늘이 지나간 구멍들 촘촘한 그물 같아

아무 데나 던져도 무엇이든 다 걸려들겠어
하지만 너무 가까운 건 놓칠지도 몰라

잘 보이면 더 쓸쓸해질까

잘못 떴다가 풀어 버린 밤에서 나오지 못했어
어둠을 뜨는 일, 생각해 봐
커다란 밤의 실타래에 잡혀 뜬눈으로 하얘진
나의 얼굴을 아무도 몰라봐
이제 나는 새사람이 된 거야
마음은 닳아 버린 연골처럼 서로 조금만 닿아도 벌벌
떨어
눕지 못했더니 무릎이 아파, 언니

쉽게 무릎 꿇지 마라는 말 들어야 했어

검은 식물

먹먹한 밤이었다
말라 가는 나무는 화분 속에서 제 잎을 뜯어내고
다른 손으로는 무덤을 만들어 나갔다
흙을 나눠 덮었다
어둠이 쌓이면 일렁이는 별들
한꺼번에 달려드는 얼굴들을 세며
시력이 나빠졌다
어느 곳으로도 건너갈 수 없어
푸른색의 피로 미쳐 가는 밤
아무 데서나 뛰어내리라고 속삭이는 혀는
뽑을수록 더 빨리 자라났다
죽어 가는 화분을 창밖으로 던져 버렸다

많이 써 버려서 망가진 마음아
차라리 죽어 버려라 없어져 버려라
검은 안대를 쓰고 달려드는 밤이 계속되었다
두려움을 잊기 위해 부르는 노래는
갈라진 소리를 내며 넝쿨처럼 목을 감아 버렸다

누군가 가만히 노래를 따라 불렀다

빛의 방향

묘지에서 늙어 가는 젊은 영혼
당신의 병은 무엇이었습니까
눈물은 파종된 씨앗처럼 묻혀 있고
밭이랑 같은 길을 따라 늘어선 비석들
차가운 생몰연대 속에는 늙음과 젊음이
어떤 맥락도 없이 섞여 있다
땅을 골라 쓰지 못한 성급한 죽음
매장된 기억이 없는 사람들과 함께
우리는 어떻게 아파야 합니까
이곳은 묘지가 많은 마을
죽음을 오래 지나온 사람들에게 주어진 땅
먼 곳을 비추느라 어둠을 끼고 살았다
살아도 죽어도 이것이 전부라고
외로움이 들판 끝까지 펼쳐진 곳
세계의 적막을 마주하는 나날들
우리는 스스로 집어 든 패를 쥔 채 울고 있었다
오래된 죽음을 뚫고 산란하는
빛이 뜨거운 남쪽

봄밤

붉게 피어난 꽃을 쥐고

한 잎 두 잎 꽃을 따 먹었다

버린다 버리지 않는다

꽃점 치며 붉어지는 밤

어둠에 불을 켠 꽃송이들

꽃처럼 피었다가 꽃처럼 시들해진 이야기들

먹어도 배부르지 않는 밤의 식사

서로의 얼굴을 감춘 채 흩어지는 봄밤

달콤한 손가락

봉지에 새겨진 아이의 얼굴
세 살 노란 반바지 놀이터에서 사라짐

자꾸 손이 가는 이 달콤한 세계

밖을 들이지 않은 내용들이
눅눅한 감정을 버리고 파삭파삭하구나
습기를 밀어낸 건조함들이여
이토록 달콤하구나
아무도 모르게 부서져 있구나
말랑말랑한 이야기들
그네를 타고 시소를 타며
햇살 뜨겁던 노란 반바지의 계절은
혀 짧은 말들은 누가 데려갔을까
단맛을 알아 가던 네가 봉지의 바깥
동그란 눈망울 속에 멈춰 있네
다 먹어 버린 과자 봉지는 구겨져 버렸네

이름도 살던 곳도 모르는
나를 찾아 줘요

자꾸만 손이 가는
어딘가에 있을 말랑말랑한 손가락

저녁의 새

헛기침 소리도 없이 죽은 이가 찾아오는 저녁
허공을 딛고 와 쌀 위에 남긴 새의 발자국

홍동백서
조율이시

상차림의 방식을 주문처럼 외다가
문득 노래처럼 쓸쓸해지는 이생의 운율

차곡차곡 높게 쌓아 올리는 제사
안 보이는 이를 향해 엎드려 절을 하면
형상을 숨긴 그는 이 밤의 유일신

한 번은 따뜻하게 한 번은 서늘하게

잇자국 하나 남기지 않은 떡과 과일을 나누며
만져지지 않는 영혼을 더듬어 보는 밤의 제사

열어 두었던 문이 닫히고

날아간 새가 안 보이는 밤의 한가운데
다 타 버린 향 내음만 문턱을 넘지 못했다

다정한 저녁

이제 추위가 어떤 불행처럼 닥치는 계절
다정하게 앉아 우리는
서로의 입에 불안을 떠 넣어 준다
바람에 흔들리며 그림자들은
어둠이 낳는 것들과 함께 있다

정처 없는 것들만 모여드는 저녁
눈앞에 서 있는 나무의 시간이다
물기 없이 말라 버린 가지
주렁주렁 늘어뜨린 여름의 기억들은 누가 데려가나
별과 불가사리와 다른 나라의 국기를 닮은 이파리들
오로지 먼 곳들만 닮았다는 생각
플라타너스
바람이 차다
저 마른 가지 끝에 불을 지피면
화르르 잘도 타겠다 따뜻하겠다
몸통까지 옮겨붙어 불기둥이 되겠네
활활 타오르는 떨기나무처럼 환하겠다

돌판처럼 무겁기만 한 생은 누가 가져가나

유황 냄새 정다운 오래된 성냥이 있다면
죄 없는 나무에 불을 붙이는 상상
우리가 있는 이곳은 지금 저녁이다

호우

안식을 지루해하는 당신은 매일 길을 버리고 처음 앞에 서 있네

나의 아담, 무화과 푸른 잎 둘러 준 당신의 손은 어디에 그토록 밝았던 눈은 무엇을 보고 있나 보이지 않아도 걷는다 알고 걷는 길이 어디 있을까 비가 많이 와요 걱정 마라 난 어디든 괜찮다 당신 가슴속을 흐르는 급류 당신의 뼈가 나를 이루었으니 슬픔도 세습이 되나요 당신이 아침과 저녁을 헤맬 때 나는 어디에서 길을 잃었나요 낙원은 돌아갈 수 없는 곳의 이름인가요 더는 움직이지 말고 그 자리에 있어요 빗줄기는 거세지는데 웅크리고 앉아 나를 기다리는 늙어 버린 나의 연인이여

체리를 먹어요

등 좀 밀어 줄래요 손이 모자라 닿지 않는 곳의 얼룩 오래 돌보지 못한 어둠을 예배할 시간이에요 체리는 예뻐요 보이지 않는 곳이 아름다워야 한다는 말 가슴보다 탐스런 등을 갖고 싶어요 자세히 들여다보는 건 싫어요 한 번도 본 적이 없는 거기 뒤편의 그늘로 허기가 지고 휘어 버린 등뼈의 마디마디 질 좋은 비누로 거품을 내 거품 속을 드나들며 체리 향기가 날 때까지 빨갛게 닦아 줘요 햇살의 비명 다 흩어지면 검붉은 과즙으로 목을 축여 뚝뚝 떨어지는 슬픔 등 좀 밀어 줄래요

일요일

견고한 아름다움을 지닌 붉은 벽돌집
아버지의 집이었다

시냇물 같은 찬송가가 흐르는 오후의 요양원
구원은 가까이에 있구나
아버지는 집에 가고 싶다는 말만 되풀이한다
돈이 한 푼도 없다며 근심에 싸여 있다
푸른 지폐 한 장을 호주머니에 넣어 준다
나를 사랑한 기억을 지폐처럼 자주 잃어버릴 것이다
당신은 춥고 나는
몰래 혼자 집으로 간다
아버지가 없는 집으로 간다
공원에서 공을 차는 아이들
노인들은 어디에서 늙어 가고 있나
아버지는 죄수처럼 슬퍼하고
모든 물음들에 침묵하는
조용한 일요일

성당 꼭대기에 서 있는 하얀 예수
붉은 성전은 단단한 요새
안으로 들지 못하는 아버지
오늘 내게 아비의 이름은 집 밖에 서 있는 자
추위에 떨고 있는 자란 뜻이다

건축

서둘러 무너진 곳에는
푸른 산보다 더 높은
건물이 세워졌다
내부를 들키지 않아 안전한 통유리
안에서 이루어지는 완벽한 세계를 위해
나날이 치밀해져 갔다
아름다움을 의심하지 않을수록
높은 곳을 가리키는 검지손가락이 길어졌다
모든 기형은 아름다움을 빠르게 획득했다
슬픔은 고루한 자들의 감정
울음을 버리지 못한 자는 더 크게 울어야 한다

밤이면 따갑게 쏟아지는
불빛 속에서 기둥들이 솟아올랐다
높은 것은 종교가 되었다
뒤돌아보는 이가 많지 않았으므로
아무나 돌이 되지는 않았다
어떤 것은 제단을 장식하는 재료가 되었다

무른 것은 깎기가 수월했다

페이드 아웃

오늘도 사람을 죽였어 죽이라고, 죽여 버리라고, 소리를 질렀지, 커피를 마시며 밤의 공기를 이해하느라 담배는 호흡이야

종일 Go와 Stand-by 속에서 하루를 보냈어 배역을 소화하느라 독한 시간을 품고 있지만 나는 이 영화의 주인공, 나의 죄악은 아름답네 입에서 욕설이 맴도는 걸 보니 아직 나로 돌아오지 못한 것 같아

후우, 이 담배 연기는 오늘 내가 죽인 이들을 사르는 번제의 향기를 풍겨, 붉은 피나 날카로운 도구는 지루해 끔찍한 시나리오를 믿지 않는 사람들, 잔혹한 몸짓과 표정을 연습하다 그만뒀어

그건 이미 당신들이 지겹게 해 먹은 것들이잖아, 모든 배역은 죄를 연기하는 것, 삶은 자신의 공포를 감추기 위해 연기하는 것, 장면마다 숨겨진 죄악들, 죽음의 낡은 방식들 속에서 지치지도 않으면서 지쳐 가는 것, 흘

러가는 것

표정을 지워야겠어 아무도 읽을 수 없는, 어떤 편집에도 잘려 나가지 않는 슬픈 토막이 있을 거야 흉내 내는 건 실패야, 하고 싶은 일이 있으면 오늘 밤에 다 끝내

내일은 당신을 찾아갈 거야

리모델링

하얀 시트의 얼룩

아침에도 한 사람을 보냈다
사랑과 투병은 같은 자리

혼자가 될 때까지 하나씩 버려지는 것들

벽을 허물고 여러 개의 침상을 들였다
문턱을 없애고 간판을 바꿔 달았다
부축을 받으며 들어왔다 실려 나가는
고요한 몸이여

잘 가라는 인사는 혼자서 한다
나는 언제나 쉬어 가기 좋은 곳
오래 남아서 온갖 이별을 다 겪는다
얼굴을 바꿔 가며 이곳을 참는다

붉은 복도는 아름다웠다

3부

땀이 배도록 깍지를 끼고 더 멀리

붉은 욕조

그때 동백이 지고 있었어 꽃이 피었다가 지는 사이에는 많은 말들이 오고 가지 어느 날인가 내게로 와 주었던 말들은 빈 술병처럼 가볍고 딱딱하게 굳어 있던 당신의 충고들도 노곤하다 목울대까지 차오르는 찰방이는 물속에서 나는 탯줄을 감은 아이 무서운 가위 나를 잘라내지 마, 울음소리를 기뻐하는 사람들 핏물 속에서 나는 건져진 아이 나의 아가미는 오래 끌고 다닌 먼지와 바람 속에 있었네, 그것은 빛이 바랜 탯줄의 표식처럼 툭툭 떨어지는, 꽃잎 흩날리는 이야기 목차가 없는 노트를 펼치면 밤의 한가운데를 역류하는 계절 꽃은 수시로 피었다가 지고 붉은 꽃은 다 동백이라고 읽는다

첫 번째 수업

좋은 것만 펼쳐 놓았다
늙은 눈빛들이 투명해지는 순간
아이는 어리둥절하다
첫 난관이다

환호와 고요 속 쥐어 줄 수 없는 것들
행운의 목록에 손을 뻗는다
방향을 모르는 아이의 손은
복의 내용을 여기저기 더듬는다
무엇을 잡아야 할까
아이의 날들을 점쳐 보는 즐거움
그것보다는 저것
서로 다른 이름을 부르며 소리를 지르고
아이는 영문도 모른 채 웃는다

힘이 없는 손

쥐려던 것을 놓치고 덥석 움켜쥔 것에

준비된 박수가 쏟아지고
놀란 아이가 울음을 터트린다

아무도 슬픔은 미리 마련해 두지 않았으니

박수 소리가 커질수록 아이의 울음도 커진다
웃을 수 있는 건 지켜보는 쪽이다

팔월

지금은 칠월 한여름
아직 오지 않은 팔월에 대해서 쓴다
아이스크림처럼 빨리 녹는 시계는
지루해진 시간을 모래 위에 슬쩍 흘리고 있을 것이다
태풍은 바람의 틈새를 어슬렁거리다가
푸른 나무의 목을 쳐내고 제 수위를 견디지 못한 집
들도
빙하처럼 물 위를 떠다니고 있겠지
뜨거운 태양 아래 칸나가 더 붉어지면
해바라기가 까맣게 속을 태우는 어떤 시절들의
그곳

이곳
생의 다른 온도를 지니고
고개를 내밀어 서로를 마중하는 시간들
형식이 완성되지 못한 편지는
고서처럼 바래 가며 신비로워진다
우리는 아무런 소식도 주고받지 못하며

어떤 기억들로 예감을 만들며 그곳으로 이곳으로
다가가고 있는 것이다
이곳은 장마가 지나가고 있으니
그곳의 해 질 녘은 조금씩 서늘해지고 있겠다
이곳의 뜨거움이 그곳의 바람을 가까스로 만나는
궁창에서 태풍이 시작된다면
너는 이미 가 버리고 없는 팔월이다

여덟 개의 별

당신은 여덟 개의 별과
전라의 여인을 보내왔다
강물 속에 발을 담그고
물 항아리의 물을 쏟아내는

범람하는 생

여자는 팔이 아프겠다
훌훌 벗어 버린 시간의 낙원
나무 위의 붉은 새는 노래하고 있을까
노래와 울음은 같은 것일까
땅 위에 고인 물이 연두에 스미는 계절
노란 별의 이름은 시리우스

아이는 블록을 쌓았다가 허문다
허물어지는 것을 아무 허물없이 배운다
이상하다 이상하다
허물어 버리고 돌아서 다 잊어버리겠지

내가 아는 병과 아직 모르는 병이 내 안에서 자라고
옛날은 반짝인다

허망한 빛

별처럼 빛나리라, 타로를 읽어 주는
당신은 검게 빛나는 어둠을 놓쳐 버린다
빛이라 불리는 이름을 오래전부터 알고 있다

검고 푸른 바닥

함께한 모든 저녁이 지나갔다
지나간 것들을 이해할 필요는 없었다
저녁을 준비하며 펼친 돌김
아직 물의 감정을 놓지 못하는 마음이
여기저기 푸른빛을 남겼다
마르면서 가슴이 벌어졌다

이 검푸른 바닥에 한 통의 편지를 써 볼까
먹물을 삼키는 오돌오돌한 돌기는
점자처럼 슬퍼져서 구멍이 많은 표면은
마음의 구멍을 드러내겠지
멀어지면서 의미를 버리는 우리는
아무 데서나 띄어 쓰는 이상한 문법을 낳고
힘을 줄수록 찢어지는 문장을 완성할 거야
어쩌다 바닥까지 내려가
바닥인 줄도 모르는 바닥에서
읽을 수 없는 마음은 더 깊은 어둠이 될 거야

푸른 불꽃 속에서 감춰 둔 물기가 걷히고

그을린 바닥을 집어삼키면

바스락거리며 다가오는 냄새들

다시는 돌아가지 못할 저녁이 있다

물이 나간 자리에서 젖은 돌을 긁는 바람이 있다

비누

기차에서 내려
비누를 받아 쥐고
물의 감촉이 언 피부를 파고드는 따뜻한 상상

그러나 다윗의 별이 인도한 곳은 모든 빛이 사라진 구렁 속 암울한 흑백의 사진 속에서 웅성거리는 얼굴들을 향해 소리쳤다 대열에서 벗어나라고 흩어지라고 흩어지는 동안 광야의 바람을 일으켜 잠시라도 저들의 눈을 가려 주길 기도하라고 물의 상상 속에서 무르게 녹아 버린 얼굴들 남자와 여자로 노인과 아이로 마지막까지 분류되어 가장 나약한 자의 수를 세는 악의 창세기, 일할 수 없는 자는 죽어라 수증기처럼 퍼지는 가스를 마시며 벽은 문이 아니어서 두드릴 수 없는 곳이어서 벽을 긁으며 몸 위에 몸을 쌓으며

먼지를 씻어내는 저녁

차가운 레일을 밟고 오는 먼 기적 소리

내리지 말았어야 할 역에 도착하는 무거운 가방들

물 위의 사제
—얀 네포무츠키 신부*의 동상 앞에서

우리의 언어는 죄를 통과해야 하는 것

차가운 주물 위에서 손은
뜨겁게 흘러내리는 언어
손이 지워 버린 형상은
황금의 빛을 얻었다

누설하지 않는다면 네게 영원을 줄게
물 위에 새겨지는 청동빛 고해

영원을 가져다 어디에 매어 둘까
나의 죄는 잠시 가벼워지고
당신은 저 소용돌이를 건너야 한다
차례를 기다리며 사람들은
황금색 부조 위에 손을 얹는다
서로의 비밀을 만진다
다리 위에서는 아무도 듣지 않는
가난한 음악이 흐르고

발설하면 죄가 되는 언어들
물 위를 떠다니고 있다

* 고해성사의 비밀을 지키려다 혀가 잘려 순교를 당한 신부. 프라하의 까를교 위에는 신부의 동상이 세워져 있는데 황금색 부조를 만지며 소원을 빌면 이루어진다는 얘기가 전해진다.

체크아웃

잘 지내다 갑니다
삐걱이는 낡은 침대는 은밀하지 못해도
숱한 기척들을 품기에는 괜찮았습니다
뒤척이는 몸을 받아 주는 소리
낡은 냄새들 속에서 밤은 모빌처럼
흔들리다 가라앉았습니다

우리의 죄는 어쩌다 진홍색이 되었습니까
붉은 석양은 누구의 죄로 물들었습니까
저무는 것이 죄입니까
나는 나에게로 던져져
심연 속에서 간절하게 늙어 갑니다
어둠에 끼인 채 흘러갑니다
아무도 꺼내 주지 않습니다
모두 깊은 잠에 들었습니다
분리되지 않던 슬픔은
날카로운 이빨을 박고서 함께 부서졌습니다
다 타 버린 붉은빛은 누구의 죄였습니까

다녀간 흔적을 깨끗하게 지우면
몇 번의 생이 훌쩍훌쩍 지나갑니다
여기 문은 열어 두고 가겠습니다

무화과

어딘가로 향해 있던 열매들은

눈을 오래 떼지 못한 것부터 차례대로 벌어지겠지

어떤 바보들은 눈물을 슬픔으로 읽더라

이상하지

가슴이 뛰면 눈물이 나더라

미친 거지

헐렁한 티셔츠에 손을 넣던 바람은 어디로 갔을까

팔이 아프도록 휘휘 저어 만든 잼은

물속에서도 풀어지지 않는 끈끈한 결속

당신 눈 속에 있던 태양과 구름이

달콤해지는 신비한 비율

아이가 생기지 않았어

자꾸만 죽었어

어쩌면 영혼은 가랑이 같은 것
아무 데서나 흘러내리는 증상에 시달리지
바람과 먼지를 뒤집어쓴 채 매달렸던 마음은
이미 핏빛이야

울음소리가 없는 아이들
어지러운 태몽 속에서 무화과가 익어 가고

만져 봐 흥건하지
괄약근이 풀렸나 봐, 쏟아지는 빛 좀 봐봐
가을이야

맹목

손에 힘을 주고 천천히 색칠을 해 봐
아이는 망설임 없이 크레파스를 고른다
탑 전체를 보라색으로 칠한다
선의 국경 밖으로 나온 탑이 무너지고 있다

이건 네가 좋아하는 아이스크림
이번에는 무슨 색으로 할까?
좀 더 예쁘게 칠해 보자
아이가 마구 칠한 보라색 아이스크림이
칠을 더해 갈수록 줄줄 녹아 흐른다

밖으로 밀려나온 것들은
한 가지에 빠져 버린 마음이었다
층층마다 다른 색을 입히게 될 때가 올 것이다
선을 넘어가지 않는 채색을 배우게 될 것이다
라일락 라벤더 제비꽃 희미해진 멍 자국
자잘한 한숨을 가만가만 뱉어내며 피어난 수국
어쩌다 흘러 들어와 번지는 향기처럼

몸의 어딘가를 흔들어대던 얼굴이 있었다
모든 색을 가두고 앞이 캄캄했다
그 어둠이 전부였다

소금 기둥

우리 도망가자

심장의 고동은
살기 위한 것인지 죽기 위한 것인지
모든 것이 너와 나를 잡으러 다니는 비밀경찰
지나치던 바람도 밀고자처럼 수상하더라

모르는 곳으로 가자
누가 우릴 알아볼까
땀이 배도록 깍지를 끼고 더 멀리
네가 버린 애인은 울고 있을까

세상에서 가장 나쁜 죄를 뒤집어쓰고
밤이 흘리는 유혈 속에서 우리는 조금씩 붉어졌네
함께 울지 못하고 혼자 훌쩍였네
우리는 서로를 모르는 사이
나를 물으면 세 번만 부인해

네가 버린 나는 많이 울었던가
밤이 길었다는 기억
우리는 아무에게도 붙잡히지 않았네
뒤를 돌아다보았을 뿐

그 후로 슬픔은 오래 녹지 않는 것이 되었다

보이지 않는 도시

이 도시는 정박한 한 척의 배 선장은 오래전에 죽어 버렸다 너무 오래 묶인 탓에 사람들은 이곳이 배라는 걸 잊어버렸거나 그런 사실조차 모른다 불만은 품지만 불안을 느끼는 사람은 없다 떠나온 곳도 돌아가야 할 곳도 없는 것처럼 적막하게 앉아 있다 너는 지쳐 가고 네가 지쳤으니 마음에 품은 말들을 참으면 견딜 수 있나 우리는 가난 때문에 슬픈가, 그것 말고는 없는가

항해의 기억을 잃어버린 배, 가려던 곳이 어디였는지도 모르고 어디에서 왔는지도 모른다 다만 이 땅이 우리를 받아들여 주지 않을 때 비로소 우리를 느낀다 너무 가난해서 신을 잃어버리거나 가난해서 신을 기억한다 국적이 없는 나날들이 지루하게 흘러간다 거대한 뻘에 박혀서

수박

우리는 수박 한 통씩을 들고 세상에서 가장 먼 정류장을 향해 갔다 너와 내가 걷던 칠월의 볕 속에서 푸른 옥수숫대가 높이 치솟고 있었다 아무리 걸어도 나오지 않는 버스 정류장 달콤하고 푸르고 둥근 세계 속에는 폭염과 갈증이 들어 있었다 폭발물을 옮기듯 이리저리 바꿔 가며 걸었다 우린 각자의 사막을 함께 걸어가는 중이었다 지루하지 않던 얘기들은 점점 줄어 수통 속의 물처럼 바닥이 드러났다 우리의 배려는 더 무거워 보이는 수박을 한 번씩 바꿔 들어 주는 것 몇 번을 돌고 돌아도 줄어들지 않는 무게 발로 차 버리면 어디까지 굴러갈까 깨지지 않고 어디까지 갈 수 있을까 정류장이 나오기 전 한 통의 수박을 바닥에 던져 버렸다 길바닥에 주저앉아 부서진 속살을 파먹고 나머지 한 통의 수박과 함께 정류장을 향해 갔다

4부

우린 왜 서로 다른 곳에 있나요

나는 아직 처녀예요

나를 믿는 일이 중요했어요 사람들이 나를 숭배하던 지난날 축제에서 나는 지상의 가장 높은 자, 붉은 의상이 깃발처럼 펄럭이는 행렬은 영원히 끝나지 않을 축제였지요 난 준비된 살아 있는 여신 내 몸은 그 흔한 점 하나 상처 하나 없는 흠 없는 몸, 피를 흘리기 전까지 신으로 살았어요 피 묻은 짐승들의 사체 속에서도 울지 않고 견딘 내가, 나의 것을 견딜 수 없었어요

나는 예정대로 쫓겨났어요 가장 높은 곳에서 추락한 나는 사원이 보이는 이곳에서 늙어 가요 얼굴에는 주름이 하나씩 늘어 이젠 내 몸속의 피도 다 빠져나가고 붉은 옷은 내가 흘릴 피의 미래였어요 자신을 숭배하는 일은 고단했지요

나는 아직 남자를 모르는 늙은 처녀 쿠마리 누추한 이 몸이 신이었다는 것을 나조차도 믿을 수 없을 때 지난날의 영광 속으로 들어가 보기도 해요 이 기억마저 사라지는 날 완전한 인간이 될 거예요 자, 이리 와요 나의 신성을 믿는다면 머리에 손을 얹고 축복해 줄게요 이게 나의 마지막 축복이 될지도 몰라요 나마스떼

끈

흘러나오는 음악에 맞춰 온갖 형상이
수초처럼 춤을 춘다, 그의 손에 들린 리본
아름다운 가설 위에 쓰인 창조론을 읽는다

당신과 나를 이어 주던 끈이
저기에도 있을까

출렁이던 불안과
목마름의 시간들을 펼쳐 보이고 있다
허공에 던져지는 고백들
그 아슬아슬함을 받아 쥔다
묶었다 풀었다 목줄을 죄는 손놀림
현란한 몸짓 뒤에 가려진 음모들
누군가는 저 아름다움에 목을 내주기도 한다
지워 버리고 싶은 기록의 페이지가
흘러내리는 두루마리 속에 숨겨져 있다
당신의 이름과 오래된 주소와
피고 지던 봄꽃과

가을 햇살들이
차곡차곡 들어 있는 파란의 리본
음악이 멈추고 그가 풀어 놓았던
어둠을 봉인한다

백일홍 편지

벌써 몇 번째야
같은 단어를 자꾸 틀리면 어떡해

기억하고 있니? 노트의 맨살이 벗겨지도록 쓰고 지우고 다시 쓰던, 꽃 이름이 제일 어렵다며 통통 부은 볼 아름다움을 익히는 게 그런 것이었을까 네 사정엔 아랑곳하지 않은 채 내가 취해 있던 이름들을 받아 적게 했다는 고백을 이제야 한다 어떻게 자랐을까 어떤 빛깔의 눈물이 네 밤을 지키고 마음을 자라게 했는지 소리 나는 대로 쓰면 틀린 거라던 내게 읽는 것과 쓰는 것이 왜 다르냐고 물었지, 네가 자꾸만 틀리던 백일홍 지금은 잊었니 그 많은 이름들 중에서도 아직까지 잊지 못하는 건 너무 우스워서 배기롱, 넌 아마 본 적이 없을지도 모를 이름만 고약한 그때가 아마 백일홍이 붉은 여름이었던 것 같아 너무 뜨거운, 사실 꽃보다는 그 계절을 지워내느라 그랬는지도 소리 나는 대로 쓰고 지워도 되는 너의 시절들이 되기를 그 부드러운 연음의 살결이 나를 감싸는 밤이다 그때 말이야, 사실 네 노트에서 수없이 지

워지던 그 이름들이 바람에 지는 것 같았어 그 꽃들 차례대로 내게 불러 주겠니

백일홍 백일홍
응 그래 배기롱

바이킹

바이킹 타러 가자
하늘이 파랗다 바이킹이나 타러 가자
한 번도 타 본 적 없는 뱃머리가 아름다운 바이킹
날씨도 좋은데 함께 가자
무서워서 꺅꺅 소리를 질러대면 너를 꼭 안아 줄게
바람에 날리는 네 머리칼이 해초처럼 아름다울 거야

발밑은 수심이 깊은 출렁이는 물결
그 속을 헤엄치는 소란스런 물고기 떼 구경하며
우리 같이 소리나 질러대자, 오 마이 갓!
큰 물고기 작은 물고기 파란 물고기 빨간 물고기
아름다운 열대어들
바람을 가르며 즐거운 뱃놀이

풍랑에도 암초에도 침몰하지 않을
요람인 듯 살살 흔들어 주는 허공의 뱃놀이
힘껏 솟구치다 가라앉을 파국을 맞으러

별이 빛나는 밤

저녁이 어딘가로 사라지고
그보다 더 깊은 밤이 사라져 갈
별이 빛나는 밤

그는 흘려보내고 싶지 않은 말들이 많았을지도 몰라 잘렸는지 잘랐는지 알 수 없는 그의 귀, 한쪽 귀를 자르고 말들이 새 나가지 않도록 붕대를 칭칭 감은 하얀 귀 우리는 스스로의 모습을 그리면 무엇을 더 왜곡할까 아름다움, 젊음, 과장된 슬픔 같은 것 학대당한 짐승처럼 움켜쥔 고독 많은 말들을 가두고 그 말들에 버려진 사람 우리의 얘기들은 밤이 깊어질수록 몇 마디로 요약되고 생은 대화 속에서 복잡했다가 단순해지기도 하지 새의 불길한 울음소리를 삼키며 익어 가는 밀밭이 가까이에 있고 아파도 죽지 않는 건 다행인지 불행인지

같은 별자리를 가진 사람이여
우린 왜 서로 다른 곳에 있나요
이곳을 지나쳐 가는 기차가 있었으면

리플레이

울다 지친 그녀가 겨우 잠들었습니다
가운데가 훅 꺼진 낡은 소파는 찌그러진 마음 같아요

우리 집에 가자, 나랑 살자
좋은 냄새를 풍기며 다가와 그녀가 말했습니다

굿모닝 좋은 아침이야
굿모닝 좋은 아침인가
나를 만지며 하하하 그녀가 웃었고
웃음소리는 아침 햇살 속에서 쨍그랑거렸어요

사랑해, 보고 싶어
나는 그녀가 좋아하는 말을 밤을 새워 연습했어요

시끄러워, 집어치워

사랑해 사랑해 안아 줘 안아 줘
쓸데없는 말들만 거품처럼 부풀었다가 흩어지고

온 힘을 다해 자기야, 자기야, 지겨워, 지겨워
나는 배운 말의 전부를 쏟아냈습니다.
습관이 되어 버린 말들은 죄가 되었어요

그만해, 그만하라고, 한 번만 더하면 혀를 잘라 버릴 거다

나는 혀가 고장 난 앵무, 그녀를 미치게 만드는 나쁜 새
진짜 하고 싶은 말들을 꺼내기 위해 가슴의 깃털을 뽑았어요
얼마나 아픈지 눈을 질끈 감고 부리를 꽉 다물자
나의 말들은 바르르 떨었습니다

사랑해, 자기야, 안아 줘, 그러지 마, 지겨워
집어치워, 재수 없어

그녀가 다가와 물었어요 왜 말을 안 하는 거야?
그것까지 잊어버린 거니?

나는 못 들은 척해야 했어요

가, 가 버려

오래 날지 않아서 두려웠지만 열린 창밖으로 나왔어요 나는 게 아니라
뛰어내리는 기분이었어요
공원에는 사람들이 많았고, 긴 의자는 횃대 같아서
나는 그만 말을 참지 못하고 자기야, 사랑해, 안아 줘
사람들은 눈을 반짝이며 자기들이 좋아하는 말을 시켰어요

누군가 다가와 다정하게 말을 걸었어요, 우리 집에 가자

개종

연등이 반짝이는 밤이었다 외할머니를 따라서 간 마을의 작은 절 사람들은 초파일 연등을 밝히고 절밥을 나눠 먹었다 봄밤은 추웠고 바람이 세차게 불었다 밥그릇을 들고 마당에서 덜덜 떨었다 그때 누군가 소리쳤다 큰불이 꺼졌다고 사람들이 우르르 몰려가 다시 불을 밝혔다 그해 가을 대통령은 총을 맞고 쓰러졌다

외할머니의 세례명은 마리아 방언을 하고 사람들의 병을 고치기도 했다 졸면서도 기도하느라 척추가 새우처럼 휘었다 기도는 밤낮없이 계속되었고 우리는 외할머니를 박해했다 한 자 한 자 침침한 눈으로 성경을 읽는 밤 우리는 잠결에도 예언자들의 이야기와 비유의 말씀을 많이 듣고 자랐지만 특별한 축복은 받지 못했다 누구를 믿어야 할지 모르는 우리는 나에게서 너에게로 옮겨 다니며 다른 쪽의 이교도가 되었다 외할머니의 기도는 늘 같은 말, 저는 아무것도 모릅니다 아무것도 모릅니다

어둠 속의 식사

전등이 나가 버리자
식탁엔 어둠이 차려졌다
우리는 문명 밖의 부족들처럼 둘러앉아
문을 닫고 고기를 나눈다
속죄의 제사도 없이
도살된 양 한 마리가 잠든 식탁
더듬거리며 고기를 집는 손이 가끔
다른 손을 집어 든다
어둠 속에서 다른 질감을 이해한다는 것
더 오래 익숙한 어둠이 필요한 일이다
피도 눈물도 없이
향기로운 연기도 없이
누린내가 번지는 저녁
수렵을 마친 동굴 속의 벽화처럼
둘러앉아 어둠뿐인 어둠을
고개 숙인 채 경건하게 만지고 있다
각자의 어둠 속에서 살과 뼈를 바르는 동안
고기는 빠르게 식어 갔다

살점에 굳기름이 생겨났다
등잔에 심지를 돋우어
우리는 불빛 속에서 손을 닦는다

시뮬레이션

나는 지금 질서 정연한 세계를
혼돈에 빠트리는 중이다

빼곡한 동그라미들
동그라미 하나가 산목숨이라면
동그라미 하나가 반짝이는 별이라면
나는 지금 연쇄적 살해를 하는 것이다
나는 지금 은하계를 폭발시키는 중이다
터지면서 내는 비명들
올록볼록한 볼륨을 꾹꾹 눌러대는 즐거움
손가락의 압력에 소리를 내지르는
이것은 부서지지 않게 깨지지 않게
무언가를 두르고 있던 아름다운 보호막이었다
우리는 서로를 두르고 있던 어떤 시간들이었다

아주 오래전에 사라져 버린 빛의 파편 속에서
어느 날 이곳으로 배달되어 온
파손되지 않은 처음의 것

안전하다고 믿어 온 세계를 보고 있다

나는 여기에 있어요

나는 도망가다 끌려가다 벗겨진 신발
흙먼지 속에 나뒹굴면서도 몸을 숨겨야 했지
발길에 채어 제멋대로 풀린 끈
모두가 흩어진 깊은 밤
나를 흘리고 사라진 이를 생각하며
뜬눈으로 밤을 새우면
다시 거리에 쏟아지는 오월의 햇살이
부서진 뼈들을 염하는 하루 이틀 하루

나는 죽지 않는 몸으로 견뎌야 하는 증인
오래된 것들은 더 이상 늙지 않아
여기 아무도 찾지 않는 산그늘에도
흰 꽃이 무성한 계절
망자들은 오늘도 제 신발을 찾아 떠돌다
부르튼 발을 내게 한 번씩 넣어 보곤 해
그걸 따라 하는 바람도 있고 고라니도 있어

네 꿈속을 찾은 내 이야기가

이상한 꿈이었다 생각 말기를

셀 수 없는 이름들, 이곳의 초록은 시퍼렇다

써니 사이드 업

노란 중심을 터트리지 않아야 하는 나는
손끝에 힘을 모으느라 어깨가 결려

당신의 비릿한 미각을 위해
나는 골똘해지지만 착해질 수는 없어
뾰족한 도구를 손에 쥐고 찌르는 상상
바들바들 떨리는 알맹이를 건드리면
흘러내리는 점액질의 고요
비의 냄새 저녁의 체취
한꺼번에 번질지도 몰라
이것은 풀리지 않는 당신 인생과 어떤 연관이 있나
보여 주고 싶지 않던 그늘이 당신 가운데에
탱탱하게 버티는 중인지도
뜨거운 열기는 속까지 태워 버릴 테니
당신의 미각이라는 건 어쩌면
혀의 감정이 아니었을지도 모르지
속을 내놓지 않는 얌전한 태도를 생각하다가
둥글게 웅크린 저 마음을

가만히 흔들어 보다가

볼록한 슬픔이 터지는 어떤 순간

봄 야유회

영혼이랄지 마음이나 슬픔, 그녀가 품은 사랑 같은 건 잘 모르겠어 바깥을 묻혀 오는 냄새들에서 바람난 벚꽃과 신록을 느끼기도 해 내가 가닿을 수 없는 어떤 곳들을 맴돌다 왔다는 증거지 사람들이 그녀에게서 빛을 발견할 때 아무도 모르는 어둠을, 어둠을 들켜 부서질 때 부서진 조각들이 반짝이는 걸 봤어

돌아올 곳을 잃어버린 사람처럼 너무 늦게 돌아와 오래오래 씻다 흐느끼던 몸 방울방울 맺힌 물기들은 가장 좋은 위로, 애무하듯 닦아 주었지만 슬픔까지 닦였는지 그 많은 날들 오기만큼이나 팽팽하던 젖가슴과 실룩이던 엉덩이의 감촉은 얼마나 또 감질나던지 그녀의 몸 위에 남은 애인들의 얼룩진 체취도 토닥토닥 닦아 주면서

찬란의 다른 이름은 슬픔이라 생각했어 젖가슴과 엉덩이의 시간을 지나 웅덩이처럼 패인 쇄골과 푸석이는 살결들 몸의 다른 이름은 쓸쓸함인 것 같아 함께하며 해진 내 몸도 촘촘함을 잃어버리고 우리는 서로의 내부

를 통과하지 못한 채 낡아 버렸어 문신처럼 희미해진 푸
른 글자들, 봄 야유회

부러지는 빛

나를 끝내 가질 수 없었던 당신을 생각하는 봄날
먼 데서 유랑하던 빛들이 한곳으로 모여 와
저 꽃송이와 연두에 몸을 비비는 중이다
이곳엔 없는 공기인 듯 얼굴을 파묻고
당신을 마시면 날아가 버리던 냄새들
저 나무의 입술 연두의 껍질을 만진 자리에서
살살 터져 나온 냄새가 초록의 띠를 두른 풀밭
꽃그늘 아래서 당신을 천천히 흘려보냈다
먼 나라의 어느 골목에서 들었던
아코디언 소리

손을 꽉 잡고 빛의 뒤편으로 사라져 가던 연인들

바람이 분다
나무의 가지 끝 흔들리는 연분홍색으로
피어나는 저것들 빛을 다 들이마셨다
그 곁에서 조금씩 휘어지는 그늘의 행간을
왔다 갔다 다시 바람이 분다

알지 못하는 어떤 곳에서 내게로 왔던 이여
봄을 비유하는 나의 문장은 언제나 당신
서로에게 다가가서 부러지던 빛
그리고 거기에서 다시 돋아나는 빛이 있었다

스모킹 룸

아 해 봐
숨을 불어 넣어 줄게
깊숙이 숨겨진 그 깊이에 들어가
나의 붉은 혀가 당신의 건조한 폐를 적셔 줄 거야
서로의 숨을 삼키면서 오래오래 참고 싶어

유리창 밖 푸른 나무들 저 바람

함께 뿜어내는 연기 속에서 따가운 눈을 비비며
질금질금 흘리는 눈물 가벼운 기침들
우리는 분류된 자들
빠져나가지 못한 연기 속에 앉아
위로하듯 공기를 나눠 마시지

들락날락 이 자유로운 구금을 반복하면서
서로에게 깊고 독하게 중독되는 계절
뜨겁게 피워 문 불꽃
이제 그만 나가고 싶어

해설

시의 불을 지키기 위한 망자와의 동행

이성혁(문학평론가)

박인하 시인의 첫 시집 원고를 숙독하고 우선 떠오른 이미지는 표현주의 화가 뭉크의 그림이었다. 〈절규〉나 〈죽음과 소녀〉와 같은. 이 시집에서 시인은 죽음과의 대면을 집요하게 시도한다. '죽음'을 주제로 삼은 시들만 이 시집에 실려 있는 것은 아니지만, 죽음은 이 시집에 가장 두드러지게 나타나는 주제임은 분명하다. 제사 때 죽은 이에게 바치는 음식과 같은 시집처럼 느껴지기도 한다. 시인의 표현을 빌리면, "헛기침 소리도 없이 죽은 이가 찾아오는 저녁"이 지나 "만져지지 않는 영혼을 더듬어 보는 밤의 제사"(「저녁의 새」)와 같은 시집. 그래서 이 시집 시편들의 시간적 배경은 주로 밤이다. 죽은 이들과 만날 수 있는 시간은 주로 밤일 테니 말이다. 시인은 밤에 죽음과 접속하면서 시를 써 나간다. 그 과정은 고통스러운 내면적 절규를 동반한다. 이 시집에서 가장 격렬하고 경악스러운 이미지를 방출하고 있는 아래의 시를 읽어 보자. 필자가 뭉크의 그림을 떠올린 것은, 바로 이 시를 통해서였다.

먹먹한 밤이었다

말라 가는 나무는 화분 속에서 제 잎을 뜯어내고

다른 손으로는 무덤을 만들어 나갔다

흙을 나눠 덮었다

어둠이 쌓이면 일렁이는 별들

한꺼번에 달려드는 얼굴들을 세며

시력이 나빠졌다

어느 곳으로도 건너갈 수 없어

푸른색의 피로 미쳐 가는 밤

아무 데서나 뛰어내리라고 속삭이는 혀는

뽑을수록 더 빨리 자라났다

죽어 가는 화분을 창밖으로 던져 버렸다

많이 써 버려서 망가진 마음아

차라리 죽어 버려라 없어져 버려라

검은 안대를 쓰고 달려드는 밤이 계속되었다

두려움을 잊기 위해 부르는 노래는

갈라진 소리를 내며 넝쿨처럼 목을 감아 버렸다

누군가 가만히 노래를 따라 불렀다

—「검은 식물」 전문

"제 잎을 뜯어내"는 화분 속의 저 '검은 식물', 즉 '말라 가는 나무'는 "다른 손으로는 무덤을 만들어 나"가고 있나. 무덤을 만든다는 것은 죽음을 미리 당겨 준비하는 일, 저 잎을 떨어뜨리고 있는 나무는 죽음과 접속하면서 겨우 삶을 잇고 있는 것이다. '먹먹한 밤'을 보내고 있는 시인에게 저 나무는 자신의 모습을 비추는 것 같다. 시인 역시 낙엽처럼 말을 떨어뜨리면서 죽음과 접속하여 무덤(시)을 만드는 이이기 때문이다. 하여 시인은 저 죽어 가는 나무에 동화되어 가고, "푸른색의 피로 미쳐 가"기 시작한다. 창백한 '푸른색'의 이미지는 밤과 함께 죽음을 상기시킨다. 피는 삶을 유지시키는 것이기에, '푸른색의 피'란 죽음과 섞인 삶을 의미한다. 시인은 이 피에 미쳐 가면서, 조현병 환자처럼 자신의 다른 혀가 "아무 데서나 뛰어내리라고 속삭이는" 소리를 듣는다. "뽑을수록 더 빨리 자라"나는 소리들. 그 소리들은 낙엽처럼 떨어지면서 투신자살을 재촉한다. 시인이 이 밤을 죽음으로 물들이고 있는 "죽어 가는 화분을 창밖으로 던져 버"리는 것은, 정말 자신이 죽음으로 이끌리고 있다는 '두려움' 때문이리라.

'죽어 가는 화분'은 시인의 마음을 가리키는 객관적 상관물이기도 하다. 그 마음은, 이파리를 많이 떨어뜨린 나무처럼 너무 "많이 써 버려서 망가"져 버렸다. 저 화분을 "창밖으로 던져 버"리는 행위는, 자신의 망가진 마음이 아예 없어져 버렸으면 좋겠다는 시인의 격렬한 염원이 담긴 절규–"죽어 버려라 없어져 버려라"–를 보여 준다. 하지만 밤은 더욱 검어져서 "검은 안대를 쓰고" 시인에게 캄캄히 밀려 들어올 뿐이다. 그 밤은 더 짙은 죽음의 농도를 띠고 시인을 감싸는 것, 그 '밤–죽음'의 농밀함은 "두려움을 잊기 위해 부르는 노래"마저 시인의 목을 '넝쿨처럼' "감아 버"리는 것으로 전환시킬 정도다. 죽음의 두려움에서 벗어나고자 부른 시인의 노래는 죽음에 침윤된 노래가 되는 것이다. 노래는 전파력이 강해서, 그 죽음의 노래마저 누군가가 '가만히' 따라 부른다(그 누군가는 시인 자신의 다른 자아일 수도 있다). 이 노래가 바로 박인하 시인의 시라고도 짐작할 수 있는데, 그렇다면 그의 시 쓰기란 죽음의 두려움에서 벗어나기 위한 것이면서도 아이러니하게 시인 자신을 죽음의 세계로 이끄는 것이라고 할 수 있다. 다시 말해 시인의 시 쓰기는 그 자신을 '검은 식물' 자체로 만들고 있는 것이다.

위의 시는 박인하 시인의 시 쓰기가 지닌 성격 중 하나의 극단을 보여 준다. 죽음에 가장 가까이 있는 극단. 위의 시와 비슷한 주제와 색채–검고 푸른 색–를 보여 주는 시는 「검고 푸른 바닥」이다. 이 시에서 시인의 마음은 "저녁을 준비하며 펼친 돌김"과 교차되면서 비유된다. 가령, "점자처럼 슬퍼져서 구멍이 많은 표면은/마음의 구멍을 드러"낸다. 그리고 시인은 "힘을 줄수록 찢어지는 문장을 완성할" '우리'에 대해 말하는데, 우리는 "멀어지면서 의미를 버리"고 "아무 데서나 띄어 쓰는 이상한 문법을 낳"는 이들이다. 나아가 그러한 문장을 통해 우리의 "읽을 수 없는 마음은 더 깊은 어둠이" 되리라는 것이다. 그런데 여기서 '우리'는 누구를 의미하는가? 박인하 시인과 동시대를 사는 동류의 시인들을 말함인 것 같다. 이 '우리'는 돌김과 같이 검푸르고 구멍이 많이 난 마음을 힘주어 찢으며 글을 쓰는 이들로 보이니 말이다. 찢어진 문장으로 된 우리의 글은 이상한 문법으로 구성된 것이기에 그 의미를 읽을 수 없으며, 그래서 더욱 깊은 어둠으로 현상한다. 그 깊은 어둠은 죽음과 연결되어 있을 터이다. 시인은 '우리'에 대한 동류 의식, 동시대 의식을 다음과 같이 보여 주기도 한다.

> 이 도시는 정박한 한 척의 배 선장은 오래전에 죽어 버렸다 너무 오래 묶인 탓에 사람들은 이곳이 배라는 걸 잊어버렸거나 그런 사실조차 모른다 불만은 품지만 불안을 느끼는 사람은 없다 떠나온 곳도 돌아가야 할 곳도 없는 것처럼 적막하게 앉아 있다 너는 지쳐 가고 네가 지쳤으니 마음에 품은 말들을 참으면 견딜 수 있나 우리는 가난 때문에 슬픈가, 그것 말고는 없는가

> 항해의 기억을 잃어버린 배, 가려던 곳이 어디였는지도 모르고 어디에서 왔는지도 모른다 다만 이 땅이 우리를 받아들여 주지 않을 때 비로소 우리를 느낀다 너무 가난해서 신을 잃어버리거나 가난해서 신을 기억한다 국적이 없는 나날들이 지루하게 흘러간다 거대한 뻘에 박혀서
>
> —「보이지 않는 도시」 전문

"정박한 한 척의 배"인 '도시'가 있다. 원래 이 도시에는 선장이 있었다. 즉 어떤 곳으로부터 출항한 이 배는 어떤 목적지를 가지고 있었다는 말이다. 하지만 현재 선장은 죽어 버렸다. 그 이후 이 '도시-배'는 너무 오래 육지에 묶여 있게 되어 "사람들은 이곳이 배라는 걸 잊어버렸거나 그런 사실조차 모"르게 되었다는 것이다. "항해의 기억을 잃어버린 배"가 된 이 도시. 어디에서 왔고 어디로 가려는지도 모르게 되어 버린 이 도시. 하지만 "불안을 느끼는 사람은 없"는 도시. 시인은 우리가 살고 있는 땅이 바로 이 도시라고 말한다. 제목에 따르면 우리들이 살고 있음에도 우리에게 이 도시는 보이지 않는다. 우리가 서 있는 곳이 '배-도시'임을 모르기 때문이리라. 하지만 우리가 이 도시민임을 알게 되는 것은, 즉 우리가 도시민으로서의 '우리'임을 느낄 수 있는 것은 "이

땅이 우리를 받아들여 주지 않을 때"이다. 이때 '우리'는 항해하다가 길을 잃은 이들, 또는 집이 없는 이들로 함께 묶여 있다는 것을 느끼게 된다. 우리는 이 땅 위의 주민이 아니라 떠도는 사람들이었음을 알게 되는 것이다.

"땅이 우리를 받아들여 주지 않을 때"를 알게 되는 것, 그것은 가난할 때다. 땅으로부터의 수확이 적어 우리가 가난해질 때, 우리는 땅이 우리를 버렸다는 느낌을 받게 된다. 물론 여기서 가난은 정신적인 것을 의미한다. 현재 신을 잃어버려서 신이 있었을 때를 기억하게 만드는 것이 위의 시가 말하는 가난이니 말이다. 신의 부재란 삶의 목적지를 잃어버렸다는 말이기도 하다. 삶의 목적지가 없다는 정신적 가난이 마음에 사무치도록 현실화될 때, '우리'는 잃어버린 세대로서의 '우리'로 나타난다. 우리의 정신적 공허감은 "힘껏 솟구치다 가라앉을 파국을 맞으러" "바이킹이나 타러 가자"라고 시의 화자가 자포자기하며 말하고 있는 「바이킹」에서 볼 수 있다. 나아가 「체크아웃」에서 화자는, 삶이란 방을 '체크아웃'하기 직전에, "우리의 죄는 어쩌다 진홍색이 되었습니까"라고 신에게 항의하듯이 물으며, "나는 나에게로 던져져/심연 속에서 간절하게 늙어" 가고 있지만 "아무도 꺼내 주지 않"는다고 토로한다. 그리고 "모두 깊은 잠에 들었"으며 "슬픔은/날카로운 이빨을 박고서 함께 부서

졌"다는 것이다.

이렇듯 박인하 시인은 '우리'를 내세워 동시대적 세대 감각을 드러내면서, 현 시대는 갈 길을 잃어버린 채 죽음의 구덩이 안으로 함몰되어 가고 있다고 비판한다. 더욱 큰 문제는, 사람들이 목적지를 가져야 한다는, 그래서 항해를 다시 시작해야 한다는 의식조차 없게 되어 버렸다는 사실이다. 신을 잃어버렸다는 사실을 모르며, 알려고도 하지 않는다는 것이다. 그래서 시인이 할 일은 우리가 신의 상실에 따른 빈곤 속에 있으며, 우리의 삶이 죽음과 접속하고 있다는 사실을 사람들에게 환기시키는 일이다. 박인하 시인의 이 시집이 계속 죽음을 호출하는 것은 그 때문인 것이다. 우리 시대에서 삶의 진실은 삶의 반대물인 죽음에서 찾을 수 있다. 사실 우리 시대의 시대적 의미를 넘어 삶은 죽음을 통해 그 진가가 드러나는 것이기도 하다. 정령 기쁨을 만끽할 수 있기 위해서는 고통을 겪어 봐야 하는 것처럼 말이다. 시인은 삶의 진실과 마주하기 위해 죽음과 접속하여 죽음을 살아내야 하며, 이 만남을 위해서는 시의 불을 피워 밤을 지켜야 한다…. 박인하 시인은 이것이 우리 시대에서 시인의 역할이라고 생각하고 있었던 것 같다. 아래 시의 노파가 하는 역할처럼.

아직 살아 있구나 늦지 않았어 너덜거리는 자루 가득 장작을 메고 오가는 밤의 노역은 불을 지키는 시간 바람에 넘어진 것들 차곡차곡 주워다가 추운 밤 부려 놓으면 뜨겁게 솟아오르는 불의 제전 나는 불을 지키는 자, 시간 없이 허름한 옷가지로 성별을 감추었기에 누구도 쉽게 나를 호명하지 못한다 나는 이름 없이 늙어 가는 가난한 노파 불을 살피느라 언 몸을 녹일 수 없다 꺼져 가는 불씨를 살려내고 문 밖으로 나서면 얼굴을 찢는 바람뿐 어떤 날은 별도 뜨지 않아 캄캄한 숲을 비틀거리며 걷는다 뜨겁고 차가운 것이 이생의 일인지도 잘도 자는구나 장작이 타는 소리 꿈속에서도 들리는지 재가 되어 가는 소리다 담요를 걷어차고 잠든 걸 보니 오늘도 나의 불길은 뜨거웠구나

—「테를지의 밤」 전문

'테를지'는 몽골의 국립공원이다. 아마 시인은 이곳에서 불을 피우는 노파를 본 것 같다. 노파는 "바람에 넘어진 것들"을 장작불에 넣으면서 밤새 피운 불을 꺼트리지 않고 관리하는 일을 한다. 그녀는 "불을 지키는 자"인 것이다. 그녀의 노역을 통해 숙소의 방은 따듯해지고 방안 사람들은 "담요를 걷어차고 잠"들 수 있다. 그렇게 그녀는 "꺼져 가는 불씨를 살려내"는 일을 하지만 정작 자

신은 "문밖으로 나서" 땔감을 구해 오고 "불을 살피느라 언 몸을 녹"이지 못한다. 시인이 이 노파에 주목하는 것은 그녀로부터 시인의 전범을 발견했기 때문 아닐까. 랭보는 시인을 프로메테우스에 빗댄 바 있다. 인간의 마음속에 불을 가져오는 시인—프로메테우스. 저 노파는 불을 가져다준 프로메테우스와 같은 이는 아니지만, 프로메테우스만큼 중요한 일을 하고 있다. 불을 꺼트리지 않고 "불씨를 살려내"는 일이니 말이다. 유추를 다시 활용하자면, 시의 불을 살려내는 일이 노파의 역할이다. 그런데 불씨는 어떻게 살려내는가. "바람에 넘어진" 장작들, 즉 죽은 것들을 불에 넣으면서 살려낸다. 그 죽은 것들이 재가 되도록 불타면서 불은 살아나는 것이다. 다시 말하면, 죽은 것들을 태우는 것이 시의 불을 살려내는 일이다. 그 시의 불은 사람들의 마음을 따듯하게 할 것이다….

그렇다면 시의 불을 피우기 위해서는 우선 "바람에 넘어진 것들", 죽은 자들과 만나야 한다. 그 방법 중 하나는, 「마스크 팩」에 따르면 "오늘 밤은 죽은 자의 얼굴로" '마스크 팩'을 쓰는 것이다. 그 팩으로 "얼굴에 남은/한낮의 시간들을 덮"고 "끝나지 않을 밤"을 맞이하는 것. 그렇게 할 때 어떤 일이 벌어지는가. "멀리 나갔다가 돌아오지 못한 마음들이/캄캄한 곳으로 발을 밀어 넣"는다. 그러면 "나였다가 너였다가 엿같이" 슬픔이 늘어나고, "나 아닌 듯 너 아닌 듯/매끄러운 피부가 되어 가"면서 "죽었다가 살아나는 기이한 밤"이 온다. 죽은 자의 얼굴을 씀으로써 밤의 시간을 맞이하고, 돌아오지 못한 마음들을 초대한다. 그리하여 "엿같이 늘어나는 슬픔" 속에서 죽은 '너'는 나의 촉촉한 피부로 합치되고 죽음은 되살아난다. 이것이 시의 불을 때우는 과정이다. 죽음을 통해 살아나는 불, 그럼으로써 죽음 자체가 살아나는 시의 불. 그 시의 불은 멀리 나가 있던 마음이 귀환하거나, 죽은 듯이 사라졌던 과거가 회귀하면서 타오른다. 그래서 이 시의 불을 때우기 위해 시인은 다음과 같이 죽은 자들이 묻힌 묘지를 찾아가기도 한다.

> 묘지에서 늙어 가는 젊은 영혼
> 당신의 병은 무엇이었습니까
> 눈물은 파종된 씨앗처럼 묻혀 있다
> 밭이랑 같은 길을 따라 늘어선 비석들
> 차가운 생몰연대 속에는 늙음과 젊음이
> 어떤 맥락도 없이 섞여 있다
> 땅을 골라 쓰지 못한 성급한 죽음
> 매장된 기억이 없는 사람들과 함께
> 우리는 어떻게 아파야 합니까

이곳은 묘지가 많은 마을
죽음을 오래 지나온 사람들에게 주어진 땅
먼 곳을 비추느라 어둠을 끼고 살았다
살아도 죽어도 이것이 전부라고
외로움이 들판 끝까지 펼쳐진 곳
세계의 적막을 마주하는 나날들
우리는 스스로 집어 든 패를 쥔 채 울고 있었다
오래된 죽음을 뚫고 산란하는
빛이 뜨거운 남쪽

—「빛의 방향」 전문

"늙음과 젊음이/어떤 맥락도 없이 섞여 있"는 묘지를 찾아간 시인. 그런데 시인이 애써 찾아간 묘지에는 천수를 누리지 못한 이들이 많이 묻혀 있는 듯하다(필자는 이 시를 읽고 광주 망월동 묘지를 생각했다. '남쪽'이라는 시어가 이를 뒷받침했다.). '눈물'이 "파종된 씨앗처럼 묻혀 있"는 그곳에서 시인은 "땅을 골라 쓰지 못한 성급한 죽음"을 인지하고 있는 것을 보면 말이다. 이들의 죽음이 성급하다 함은 너무 일찍 죽었다는 말이다. 그래서 묘지 속의 저들은 죽음을 준비하지 못한 "젊은 영혼"을 가진 채 죽은 사람들이다. 그래서 저들은 "매장된 기억이 없는 사람들"인 것, 시인은 저들과 함께 "우리는 어떻게 아파야" 하는지 신에게 묻는다. 그런데 시인은 이 "묘지가 많은 마을"에서 "죽음을 오래 지나온 사람들"로부터 어떤 대답을 찾은 것으로 보인다. 아마 그들은 외로운 죽음이 "들판 끝까지 펼쳐진" 이곳에서 "세계의 석벽을 마주"하면서 "어둠을 끼고 살"아왔을 터, 그럼으로써 "먼 곳을 비추"어 왔던 것이다. '남쪽'에 있는 그들은 죽음이 놓인 어둠 속에서 살면서 "오래된 죽음을 뚫고 산란하는" 어떤 빛을 뿜어내어 죽음 너머의 세계를 보여줄 수 있었다.

죽음의 어둠과 함께하면서 죽음 너머를 비추는 빛을 산란하는 남쪽 사람들. 이들의 삶으로부터 박인하 시인은 또 다른 시의 길을 보게 된 것 아닐까. 「나는 여기에 있어요」는 시가 어떠한 존재여야 하는지 그의 생각을 엿볼 수 있는 시다. 이 시에 따르면, 시는 "도망가다 끌려가다 벗겨진 신발"과 같은 존재자다. 어떤 권력의 폭력에 의해 희생된 이가 신고 있던 신발. 이 신발은 "나를 흘리고 사라진 이를 생각하며/뜬눈으로 밤을 새"운다. "다시 거리에 쏟아지는 오월의 햇살"이라는 구절에서 이 '사라진 이'가 구체적으로는 1980년 광주 학살 때의 희생자임을 짐작할 수 있지만, 더 보편적인 상징적 의미를 가진다고 할 수 있다. 여하튼 시인은 "오늘도 제 신발을 찾아 떠"도는 '망자들'이 "부르튼 발을 내게 한 번씩 넣어 보곤" 한다고 말하는데, 이 망자들이 자신의 발을 넣어 보는 신발을 바로 시라고 고쳐 읽을 수 있다. 이에 따른다면, 시는 "나 여기에 있어요"라고 망자들에게 손짓하고는, 부르는 소리를 듣고 온 망자들의 부르튼 발을 받아들인다고 하겠다.

시는 억울한 죽음들을 받아 안음으로써, 그 죽음들이 다시 걸음을 걸을 수 있도록 돕는 역할을 한다. 그럼으로써 시는 "죽지 않는 몸으로 견뎌야 하는 증인"이 될 수 있으며, 망자와 동행하는 길을 갈 수 있다. 이 길을 걷다 보면 시는 저 남쪽 묘지 마을 사람들처럼 빛을 산란하며 죽음 너머를 비추기 시작할 것이다. 이 죽은 이와의 동행 과정, 즉 시 쓰기의 과정은 순탄치는 않다. 시인은 그 과정을 '산책'으로 비유하면서 아래와 같이 쓰고 있다.

> 오늘도 그와 걷습니다 가만히 귀를 세우면 발걸음에는 냄새가 있습니다 신발을 끄는 소리에는 기분도 묻어 있습니다 귀로 맡는 냄새는 쓸쓸합니다 그는 만질 수 없는 것들을 만집니다 손을 내밀면 바람도 그의 손에서는 몸을 가집니다 나의 털들은 그의 손끝에서 가지런해졌습니다 그는 말이 없습니다 내 귀에도 들리지 않는 혼잣말을 가끔 할 뿐, 나는 말을 배우고 싶었습니다 입을 열면 찬란하

게 쏟아지는 나의 말은 어디에도 닿지 못하고 흩어지고
맙니다 나는 소리 내지 않기 위해 보고 듣는 일에 몰두합
니다 소경이라는 말에는 부수인 빛이 담겨 있어 그는 멀
리 있는 빛 속을 출렁입니다 오늘은 어제보다 꽃들의 얼
굴이 커졌습니다 쿵쿵거리는 나의 오후는 잠시 그에게서
꽃들에게 이동합니다 나를 부르는 소리가 들립니다 나의
두 눈은 그를 위해 먼 곳을 바라봅니다 우리는 서로의 슬
픔으로 언제나 다정합니다

—「조용한 산책」 전문

이 글의 맥락에 따라 위의 시를 읽자면, '그'는 죽은 이, 즉 망자다. 그는 "만질 수 없는 것들을 만"질 수 있는 이, "바람도 그의 손에서는 몸을 가"지게 되는 이이기에, 이 세상의 존재자가 아닌 것이다. 시인은 그러한 그와 함께 산책함으로써 그의 말을 배우고자 한다. 자신의 말은 "입을 열면 찬란하게 쏟아지"긴 하지만, "어디에도 닿지 못하고 흩어지고" 마는 무력한 것이다. 그러나 망자인 "그는 말이 없"어 배우기가 쉽지 않다. 하지만 그는 가끔 "내 귀에도 들리지 않는 혼잣말을" 한다. 이 말을 듣기 위해 시인은 "소리 내지 않기 위해 보고 듣는 일에 몰두"한다. 그것은 소경처럼 침묵한 채 어둠 속을 걷는 일이다. 소경은 물리적으로 앞이 보이지 않

지만 내면에는 "무수한 빛이 담겨 있"어서, 소경처럼 되었을 때 "나의 두 눈은 그를 위해 먼 곳을 바라"볼 수 있으며, 나아가 "멀리 있는 빛 속을 출렁"이는 '그'를 볼 수 있다. 또한 나의 '찬란'한 말을 거둘 때 "나를 부르는 소리가 들"릴 수 있다. 이때 '그'와 비로소 동행할 수 있으며 그와 나는 '우리'가 될 수 있다. "서로의 슬픔으로 언제나 다정"한 우리.

이렇게 위의 시를 읽을 때, 박인하 시인에게 시 쓰기란 바로 망자-'그'-와의 '조용한 산책'이라고 짐작할 수 있다. 그것은 표현주의 회화의 선구자 고흐가 걸어간 길이기도 하다. 시인이 「별이 빛나는 밤」에서 그려내고 있는 고흐의 길. 고흐는 시인과 "같은 별자리를 가진 사람"이다. "흘려보내고 싶지 않은 말들이 많"아 "한쪽 귀를 자르고 말들이 새 나가지 않도록 붕대를 칭칭 감은" 고흐. 그는 "학대당한 짐승처럼 움켜쥔 고독 많은 말들을 가두고 그 말들에 버려진 사람"이다. 그는 죽음의 세계를 환기시키는 "새의 불길한 울음소리를 삼키며 익어가는 밀밭"을 고독하게 산책한다. 그러나 이 산책 과정에서 어떤 반전이 일어난다. 그 산책 중에 그는 "저녁이 어딘가로 사라지고/그보다 더 깊은 밤이 사라져 갈/별이 빛나는 밤"이 현현하는 광경을 발견하는 것이다. 푸른 별빛이 회오리치며 검고 깊은 밤을 여는 장관-알다시 피 '별이 빛나는 밤'은 고흐의 대표작 중 하나다—을 말이다. 이 푸른 별빛은, 이 글의 서두에서 보았던 「검은 식물」의 광기 어린 '푸른색의 피'를 상기시킨다. 저 푸른빛 역시 고흐의 광기와 연결되어 있다. 하지만 고흐의 광기는 검은 죽음을 통과한 빛의 발견으로 이끈다. 침묵 속에서 죽음과 동행한 고흐는 결국 광기 속에서 별빛이 회오리치는 저 먼 곳의 하늘을 발견할 수 있었던 것이다.

이 장관을 시적인 것이라고 하겠는데, 고흐는 죽음의 어둠을 산책하는 도중에 내면에 솟구치는 시적인 장관을 발견하고는 이를 예술작품(회화)으로 가시화했다. 그는 회화의 시인인 것이다. 박인하 시인은 시 쓰기를 통해 고흐가 발견한 것과 같은 빛—시적인 것—을 발견하는 것, 그것이 자신이 설정한 시의 목적지라고 생각하지 않았겠는가. 「부러지는 빛」에서 그는 "알지 못하는 어떤 곳에서 내게로 왔던 이여/봄을 비유하는 나의 문장은 언제나 당신/서로에게 다가가서 부러지던 빛"이라고 쓴다. "알지 못하는 어떤 곳"이란 이 세상은 아닐 터, 즉 '당신'은 저 세상에서 시인에게로 온 이, 즉 망자다. 시인은 자신에게 다가온 망자에게 자신도 다가가면서 자신의 문장이 이루어졌다고 말하고 있는 것이다. 그는 망자와 그가 서로 다가가다 부딪치며 "부러지던 빛"에서, "거기에서 다시 돋아나는 빛"을 발견할 수 있었다고 말한다.

이 "다시 돋아나는 빛"이 바로 고흐가 발견했던 회오리치는 별빛과 같은 '시적인 것'임을 우리는 짐작할 수 있다. 그리고 이 시적인 것의 발견을 통해 시의 불은 꺼지지 않고 불타오를 수 있다.

그런데 세계에서 망각되어 버린 죽음과 밤길을 동행하면서 이루어지는 시적인 것의 발견은, 다시 말(소리)로 변환되어야 온전한 시 작품이 될 수 있을 것이다. 시집 앞머리에 실린 「눈물」은 바로 이 변환 과정을 보여 준다. "파종된 씨앗처럼 묻혀 있"(「빛의 방향」)는 눈물의 시화 과정을 피아노 연주에 빗대고 있는 이 시에 대해 이야기하기 시작하자면 이 '해설'은 처음부터 다시 시작해야 할 터, 여기에 인용하여 다시 읽는 것으로 만족하기로 하자.

그것은 난해한 기호들로 이루어진 세계였다

낯선 음표들을 꺼내 건반에 옮기면
퍼붓는 눈발처럼 내리는 멜로디

분명한 음을 가진 소리 곁에서 주눅이 들었다
창밖에서 날 기다리는 녀석이 지쳐 돌아설 때까지
같은 곳만 틀리는 연주가 계속되고

가로등 밑에 눈은 쌓이고 밤이 깊고
겨울이 겨울 속으로 파고들었다
그 많은 소리가 어디에서 오는지

현을 두드려 주는 해머 나를 두드려 주는
묵직한 것이 내 안에도 있을 것이다
희고 빛나는 세계 위에 놓인
검은 반음들은 걸음을 꺾어 놓는 방해자거나
시냇물을 건너는 징검돌이거나

짧은 손가락으로 주무르기엔 버거운
생의 건반 위를 건너면 툭툭 떨어지는 것들
여든여덟 개의 음을 가진 울음

쉼표 없는 싸늘한 부음들이 저녁이면 들려온다
닿지 않는 먼 곳을 두드리다가 이탈한 손가락

나는 당신을 위해 만들어졌습니다

흐느끼는 고음들
깊어져서 스스로도 형체를 모르는 어둠의 귀를 열고
이제 저녁 눈 같은 조사를 써야겠다

그러면 어둠이 어둠 속으로 물러날지도

—「눈물」 전문

내가 버린 애인은 울고 있을까
2024년 1월 19일 1판 1쇄 펴냄

지은이 박인하
펴낸이 김성규
편집 김안녕 한도연 김채현
디자인 신아영
펴낸곳 걷는사람
주소 서울 마포구 월드컵로16길 51 서교자이빌 304호
전화 02 323 2602
팩스 02 323 2603
등록 2016년 11월 18일 제25100-2016-000083호

ISBN 979-11-93412-21-3 04810
ISBN 979-11-89128-01-2 (세트)

* 이 책은 광주광역시 GWANGJU CITY · 광주문화재단의 '2023년도 지역문화예술육성지원사업'으로 지원받아 발간되었습니다.